LUIZ
ROBERTO
NASCIMENTO
SILVA

Bem-Te-Vi

LUIZ
ROBERTO
NASCIMENTO
SILVA

SIM

(2008-2014)

coleção canto do bem-te-vi

*Yes and his heart was going like mad
and yes I said yes I will Yes.*

Ulysses, JAMES JOYCE

Sumário

Saudade

Saudade,
palavra sem tradução,
aprisionada na memória,
queimando, qual brasa acesa,
fruta sobe a mesa,
esquecida; dizendo algo,
eterna surpresa;
rio perfurado enorme

represa.

Acabo de deixar

Acabo de deixar seu leito ainda quente.
Seu perfume acompanha meu trajeto.
Ouço sua voz incendiando meu corpo.

Com você vivo sem sentir passar o tempo.
Não sei se tudo isso durará
muito ou pouco; não lamento.

Entrego-me ao presente;
e sigo em frente,
sempre em frente.

Envio-te essas flores

Envio-te essas flores
recebe-as com a melhor intenção,
mas se és estranhas aos meus desejos,
devolve-as sem maior emoção.

Se gostares delas e do que significam,
coloca-as em um vaso com água,
admira-as em silêncio,
perfumando o mundo.

Se nessa mesma noite
eu for a teu leito silente,
abre tua porta como uma pétala,
se anteabre a um espinho insistente.

Se és contrária aos meus projetos
receba-as com indiferença,
nem as coloque no vaso,
deixa-as ao relento.

Mas quando estiveres no leito,
quando tudo estiver desfeito,
verás que tudo apodrece,
as rosas, você, corpo outrora perfeito.

Seja bem-vinda

Seja bem-vinda à cidade.
Espero que você possa ver as coisas
que construímos juntos,
apesar de todas as dificuldades;

como as flores se sobrepõem aos espinhos,
criando novos caminhos,
que perfuram como sondas,
o duro concreto das cidades.

Somos poucos

Somos poucos.
Se esses que contam
desaparecem, o que resta?
Homens ocos.

Árvores escavadas
sem polpa ou musgo
das quais retirou-se tudo:
clorofila alma floresta.

A cada morte
morremos um pouco.
Das montanhas nossos gritos
retornam, como ecos; aos poucos.

Somos poucos.
Precisamos celebrar a vida,
em homenagem a todos
que partiram antes de nós.

Verso instantâneo

Tranco-me no escritório
onde escrevo esse verso instantâneo.
Escrevendo sobre o que sinto
deixarei de sofrer pelo que é momentâneo?

Sem resposta, desligo o computador.
Espero que ele silenciosamente
descubra um atalho, caminho curto
que reduza equívoco e dor.

Seguirei meu caminho

Seguirei meu caminho.
Não cometerei nenhum desatino.
Quando me sentir sozinho,
erguerei a você uma taça de vinho.

Não importa o ruído das ruas.
Não ouço mais tuas frases cruas,
espuma, palavras esquecidas na praia.
Observo na linha do horizonte,
a força da vida, mar que se espraia.

Piso a areia grossa sem olhar para trás.
Não virarei estátua de sal.
Pagarei pela passagem o preço que for.
Sofro no presente; não faz mal,
o futuro é maior que a dor.

Nenhuma palavra

Nenhuma palavra,
apenas silêncio, brumas.
Ficar sentado aqui nesse café
até anoitecer
na alma.
Ficar sentado nesse café
até reencontrar
a calma.

Deixar de fora
—do café e de mim—
tudo que você fez de ruim.
Adocicar o café com leite
sorvê-lo, aos poucos,
lentamente.

Passos ecoam no chão de madeira,
igual pingos de chuva nos telhados.
Toda cidade é uma construção
de silêncios a mais
com risos de menos,
ou seu contrário
detalhe; somenos.

Não adianta mudar de lugar,
trocar de hotel, retocar a maquiagem,
todos nós levamos nossa alma na bagagem.
Das viagens, restam as etiquetas coladas,
fotos dos momentos felizes, cartões de embarque,
quando ainda não dávamos importância a detalhes
e a vida ainda era vera aventura.

Os filhos são extensões da gente,
não há porque torná-los
adultos inutilmente.
Razão não há para incluí-los
nessa discussão, pois eles vieram,
juntos conosco simplesmente.

Assim deixe-me ficar só
nessa tarde de inverno em Paris.
Quero ficar sentado nesse café
onde cheguei triste, muito triste,
mas depois, misteriosamente,
feliz.

Extrair dos nervos da dor

Extrair dos nervos da dor
filamentos de alegria.
Sei que você ri quando falo,
supondo ser bizarria.

Partir do núcleo
onde tudo surgiu primeiro
para buscarmos as respostas,
para a dor que nos toma por inteiro.

Compreendida a origem
resta-nos esperança:
atingir o magma da dor,
para voltar a rir como criança.

Agir igual a um médico
na busca de uma nevralgia,
longo e doloroso percurso
do sintoma à sua terapia.

Sentir depois o prazer dessa criança
ao acordar após longa letargia,
observando o mundo por ela abandonado,
novamente redescoberto em sua eterna magia.

As palavras devem ser mastigadas

As palavras devem ser mastigadas,
dissolvidas com a saliva, moídas,
esmagadas contra o céu da boca,
antes de pronunciadas
pela explosão da fala.

A fala não é o oposto do silêncio;
pausa para o que não foi dito.
O silêncio atrai agrega,
ímã misterioso
o verbo aflito.

Antes de falar,
como de escrever,
o poeta precisa pensar.
Construir a catedral de seus versos
com a argamassa do silêncio.

Mastigar cada poema
como o chinês faz
com sua tigela de arroz.
Quando tudo parece pronto,
é preciso mastigá-lo de novo,
tanto o poema; quanto o arroz.

Ouça seus versos

Ouça seus versos
antes de escrevê-los.
Repete em silêncio
sua tensa estrutura
até que cada palavra
tenha descoberto
seu peso específico,
átomo átimo nervura.

Nos versos
é a liberdade da folha,
com sua límpida alvura,
que musica o poema,
produz acordes,
mantém una a sinfonia,
organizando em torno de si
sintaxe e/ou partitura.

Twitter

Aceitei seu desafio. Irei me ajustar à linguagem do tempo.
Assim envio a você esse bilhete na centimetragem correta,
mas contendo dentro uma intenção secreta.

É a primeira vez que faço isso, você sabe.
Assim, peço-lhe a indulgência que se deve ter
com quem começa a apreender uma língua estrangeira.

Não domino ainda a frase ou seu fluxo.
Temo que o que quero dizer se perca de repente,
como uma estrela desaparece em sua noite derradeira.

Acredito que, com exercício constante,
aprenderei a me expressar com esses 140 toques,
sem perder um verso ou necessitar fazer retoques.

Hoje é meu dia de estreia, peço que releve
os erros que faço nessa primeira tentativa.
Você sabe: a vida é feita de iniciativa.

Creia: amanhã farei algo melhor.
Aprendo rápido, logo enviarei um *tweet* perfeito:
mensagem curta com conceito.

O que resta são palavras

O que resta são palavras.
Elas flutuam sobre os fatos,
deixam umidade nas almas,
perfumam corações
com seu rastro de jasmim.

O que sobra é sempre palavra
ultrapassando
                                        o limite
impreciso,
território
indiviso;
silêncio.

Quando não existe nada mais a fazer,
não existe nada mais a ser dito,
—paradoxalmente—
apenas pelas e com palavras,
isso pode ser expresso.

Elas são tão necessárias
como a água para os peixes.
Elas são tão preciosas
como a luz para os presos.
Elas são tão urgentes
como a comida para os que têm fome.

Quando não há mais nada a ser dito,
o corpo já é da alma, escravo possesso,
quando o silêncio impôs seu domínio insuportável,
subtraindo todos os sons da música inaudível,
restam apenas elas: as palavras.

As palavras irão aos poucos
organizar de novo o caos.
São elas que vão outra vez,
musicar nuvens,
para além da morte,
dó ré mi fá sol:
arrebol.

Podemos ferir com palavras

Podemos ferir com palavras
mais do que com um punhal.
Penetrar na carne profunda,
cortando dilacerando,
mantendo no rosto o sorriso,
como se tudo fosse normal.

Podemos ferir com palavras
mais do que com um punhal.
Fazer aquela incisão seca,
rasgar o ente querido,
e ao percebê-lo ferido,
perfurá-lo novamente
com o sarraceno metal.

As palavras são cortantes,
rápidas, dilacerantes,
serpentes de montanhas escarpadas,
rastejam sua pele viscosa,
pela fina areia porosa
que reveste toda alma,
nela inoculando seu veneno mortal.

Ferimos com palavras
em geral quem mais amamos.
São esses seres—os amados—
entre todos que habitam e vagam
por essa terra desolada,
os que mais incomodamos.

Somos apaixonados por esses seres

ou será pelo amor?
Por isso, mesmo sem perceber,
são os que mais torturamos,
com uma frase dura,um silêncio,
só para lembrar (a nós e a eles) que os amamos.

Podemos ferir com palavras
mais do que com um punhal.
Sabemos o ponto—nervo central—
onde se localiza a memória da dor
e com um fino estilete
nós a acordamos em nome do amor.

Em nome do amor
sempre foram feitas as maiores atrocidades,
em seu nome, países invadiram outros,
gerações mataram-se por uma faixa de terra,
seres que tanto se amavam, de repente,
penetraram no escuro da dor; insondável cratera.

Em nome do amor
o homem produziu parte de suas maiores loucuras.
Saqueou igrejas, afundou navios, queimou mulheres.
Torturou homens, violentou virgens, afogou crianças.
Depois, ficou culpado (ou fingiu) ao olhar no espelho
d'água
boiando a seu lado, solitárias e inocentes tranças.

Portanto minha amada querida,
pensa bem antes de dizer a palavra irrefletida.
Mensura; pesa nos hemisférios do seu cérebro,
o que na raiva deseja sair como um vitupério.
Se preferir pegue na gaveta o punhal,
com ele não serás tão letal.

Não posso impedir a dor do mundo

Não posso impedir a dor do mundo.
Não consigo frear o sofrimento da alma
em sua desesperada busca de calma.

Ajudo a enxugar suas lágrimas
escorrendo na noite furtiva,
insistir que se mantenha altiva.

Posso caminhar com você
de mãos dadas pela cidade deserta,
impedindo que caia dentro de si mesma: cratera;

torcer para que as horas
apesar dos ponteiros sonolentos, sejam rápidas,
enquanto na minha frente, você se desespera.

Posso é demonstrar a você
com a firmeza dos meus gestos
que quase todos os medos são funestos,

que há sempre
a possibilidade de retirar do corpo
o peso injusto da imaginária cruz,

que existe sempre à nossa frente
uma parte da estrada que é mais clara:
caminho natural da luz.

Os deuses invejam

Os deuses invejam
nos humanos
o conhecimento da morte.

Nós homens invejamos,
nos deuses
não conhecerem a morte.

E assim seguimos,
deuses e homens,
entregues à própria sorte.

Como Ulysses voltando à Ítaca

Como Ulysses voltando à Ítaca,
ilha que nunca abandonou
desprendo-me em arquipélagos,
formando continente novo:
diverso do que sou.

Lutei tantos anos, tantos meses,
pensando não na batalha do presente
mas sim na vitória do amor.
Quebrei espadas, lancei flechas;
fugi do centro da dor.

Agora quando por essa estrada
te guio e acompanho,
não sei se guerreiro ainda sou.
Peço apenas que observe
no céu a mudança da cor.

Foram tantos embates, tantos combates,
que esqueci os dias e anos,
em que tudo se passou.
Lembro-me de alguns momentos:
—aquela nuvem em forma de flor—.

Muitas vezes camuflei meu objetivo,
dissimulei meu gesto minha voz meu passo,
como na linha da praia o mar muda seu traço.
Sempre o fiz para que você pudesse descobrir
que o melhor é sempre o que está por vir.

Seguimos agora nessa estrada asfaltada
como outrora no tempo de Ulysses,
marinheiros obedeciam uma estrela prateada.
Estamos no presente igual a eles no passado,
em busca da Ítaca imaginada.

A questão é sempre a mesma:
mudam-se os tempos; mudam-se as vontades
tudo é feito de mudança;
portanto, enxuga as lágrimas e arruma a trança,
só não envelhece quem permanece criança.

Não há caminho de volta, só de ida.
Não há retorno apenas voo éter estrelas Via Láctea.
Repare na estrada asfaltada, voltamos pela mesma
que há poucos anos nos levou;
mas já não somos os mesmos
no espaço/tempo em que tudo se passou.

Acompanhe Ulysses chegando a Ítaca
retorno pelo qual tanto lutou.
Perceba as cicatrizes de fogo
no corpo que o sol escaldou.
Ele chega perto de Penélope
e sussurra palavras
que o vento levou.

Ao longe, no continente,
mãos em forma de concha,
recolho as sílabas que o ar espalhou.
Reconstruo a frase original
que ao chegar Ulysses sussurrou:
"De todos os combates só me interessam
os que são feitos pelo amor".

Haicai

Minha mãe morreu
Meu pai morreu
Minha irmã morreu

Temporariamente
Restou
                    eu.

A morte de uma pessoa querida

A morte de uma pessoa querida
permanece dentro de nós.
Essa morte nos acompanha
como a umidade se entranha,
nas peças de roupa e no cabelo,
fazendo parte da nossa vida.

Essa morte permanece
quieta como mofo nos armários.
Quando abrimos as gavetas,
ela reaparece — relógio cuco —
sonando, assustando,
— madeira e muco —
antigos relicários.

A vida precisa seguir
em seu ritmo normal,
mas essa morte especial
passa a fazer parte da gente,
como um parente do interior
que chega de repente
agregando-se à família original.

O tempo passa como ele costuma passar,
não sabemos depois ao certo
em que instante, momento
esse corte, ruptura, ferida sem pontos,
mais água, menos sangue, sutura,
integrou-se de tal forma ao nosso ser
que a ele passou a pertencer.

Nós tínhamos combinado

Nós tínhamos combinado que não íamos morrer.
Como rompe nosso pacto sem aviso?
Tudo acertado para os próximos cem anos.
Como você permite que ela—a indesejável das gentes—
surpreenda a nós, sem que seja apenas engano?

Como serão teus dias nessa infinita luta
do corpo frio no quarto frio do hospital
sem saber se há luz no final?
Nesse momento só existe túnel torpor tremor
no que outrora foi pele, extensão do amor.

Como ficarão os teus meninos
frutos fecundos nessa nossa terra incerta?
Que cresçam fortes
esparramem suas raízes,
para além da morte e sua seta.

Nós tínhamos combinado que não íamos morrer.
Ficaríamos velhos iguais a árvores da caatinga.
Os neurônios buscariam luz neon ideias,
galhos penetrando a planície deserta,
água em busca da passagem secreta.

Depois invadiríamos os encanamentos das cidades,
—lagartixas na procura de claridade—.
Essa era nossa função: desafinar o coro da capital,
transformar em samba o que fosse ópera atonal.

Já havíamos comprado todos os *tickets* para o futuro.
Passaríamos por Berlim, ouviríamos música em Viena.

Em Paris andaríamos chiques—ternos de risca de giz—.
Depois, o carnaval seria em Veneza.
Você fantasiado de marinheiro e sua mulher de tirolesa.

Eleonora estaria de odalisca.
Não sei ainda qual fantasia usaria,
você sabe, como todo artista,
não gosto de dar na pista.
Estávamos preparados para o século.
Como morrer assim sem mais,
simples mortais?

Não deixe que isso aconteça.
Diga que tudo é brincadeira
que você escapará
de novo de dentro
da boca da noite veloz
dos dentes da maré cheia
como Jonas da baleia.

Admiro os homens que enterram seus mortos

Admiro os homens que enterram seus mortos.
Chegam silenciosamente nas cerimônias fúnebres,
falam discretamente com os familiares,
pousam sem serem percebidos,
pássaros em tarde cinzenta.

Admiro aqueles homens que enterram seus mortos.
Comparecem aos enterros mesmo em dias de chuva,
assistem a longas missas de sermões sem emoção,
mantendo-se perfilados nas igrejas cheias e escuras.

Admiro os homens que honram seus mortos.
Viajam de lugares distantes para estarem presentes,
pessoalmente e não através de caligráficos bilhetes,
balbuciam algumas palavras às viúvas,
e cumprimentam com delicadeza os empregados do morto.

Admiro todos esses que estão ao lado de seus mortos.
Suportam com elegância o esforço de toda essa liturgia,
têm consciência que em face das leis supremas
tudo isso não tem razão ou sentido;
mas estão lá silenciosamente.

Admiro todos aqueles que homenageiam seus mortos.
Abaixam a cabeça quando o caixão desce a terra,
enxugam a lágrima verdadeira por respeito aos vivos,
esperam pacientemente sua vez na fila de cumprimentos
e, depois, voam livres, pássaros nos céus de anil.

Outono

Nesse final de tarde
quando o outono
desmaia folhas nas calçadas,
o amante despe a amada
retirando sua roupa
apressadamente.

Uma rajada de vento frio
corta a copa das árvores,
igual um homem barbeando-se
com uma fina gilete:
perigosamente.

O outono instalou-se por completo.
Onde antes havia no céu azul,
só resta um cinza discreto.
Dois homens cruzam por mim.
Não falavam idioma estrangeiro,
conversavam em seu dialeto.

Um pássaro passa de repente
bem perto, bem rente,
atravessando o parque
atrás do seu ninho,
assustando no caminho
muita gente.

Outono em outro continente.
Barulho. Mudança.
Não mais morte,
só vida veloz,

velozmente,
voando na minha frente.

Londres 1970

Em meados de 1970,
Hélio e eu chegamos a Londres.
Tivemos logo a certeza
que a revolução do comportamento,
ocorria ali naquele momento.

Andávamos fascinados pelas ruas
povoadas de moças livres com minissaias
e de jovens cabeludos como nós,
mas que se vestiam de forma mais exuberante
com suas camisas coloridas e ternos geométricos.

Para um rapaz criado em Botafogo
tudo aquilo era um espetáculo imperdível.
Não me cansava de caminhar pela cidade
observando o que sabia ser
em outro hemisfério e outro equinócio,
uma usina de enorme invenção do mundo.

Numa tarde ensolarada
(naquela cidade quase sempre sem sol)
andávamos pela King's Road,
quando um negro alto magro meio índio
passou por nós todo vestido de rosa,
calçando botas de couro e usando um grande chapéu.
Ao seu lado uma loura sem nada de especial.

Quando eles passaram por nós
virei-me para o Hélio e perguntei:
"Você viu quem era ele?"
O Hélio respondeu:

"Claro é o Jimi Hendrix".
Ainda nos viramos na rua cheia
para confirmar nossa visão.

Lembrava um galgo,
(com)passos largos
parecia não pisar a calçada,
era como se esquiasse
          flutuasse
sobre as águas do Tâmisa.

Salvador 1971

De repente
com essa lufada de vento,
lembrei-me
de mim jovem
no Carnaval,
quando descobri
a cidade de Salvador.

Senti
a mesma intensidade
daquele momento,
andando sem lenço
sem documento
por aquele esplendor.

Talvez
a mesma liberdade
—lufada de vento—
esteja ainda presente
nesse momento,
no homem maduro que sou.

Inflação

A mulher na minha frente
vai tirando do carrinho
os produtos e colocando-os
no balcão do supermercado.
Seu filho pequeno acompanha tudo
vigiando com atenção alguns itens
que deve ter escolhido.

A caixa vai somando
lendo com o código de barras
o preço dos produtos.
A mulher acompanha
aquela soma permanente.
De repente se assusta,
pondera e para.

Começa a colocar
de volta no carrinho,
coisas que havia escolhido
e que já estavam no balcão.
O menino olha aflito
para o que a mãe devolve.
Não reclama, não chora,
engole o choro em silêncio.

A moça do caixa
é bastante discreta.
Não sublinha a cena.
Não aumenta o mal-estar da situação.
Falam qualquer coisa rápida entre si.
A mulher paga e leva pouco mais da metade

do que tinha originalmente escolhido.

Logo atrás deles,
chega minha vez de passar e pagar
três ou quatro coisas que preciso.
Saio rápido sem ruído,
e ganho a rua ainda cheia de gente e alarido.

Deixo para trás o supermercado.
Vou andando olhando as pessoas
caminhando sobre as calçadas cheias.
Penso como a vida é dura e concreta
e que cabe aos poetas extrair
dessa matéria bruta, abrupta,
sua parcela de luta
rima resoluta
de seus versos.

Na esquina da Primeiro de Março

Passo pela calçada estreita
e ouço: "moço! moço!".
Se finjo que não ouço
e caminho em linha reta
sinto-me mal.
Só resta dar a esmola
para aquela mão espalmada.

Paro, dou e prossigo a caminhada.
Não encontro solução para o dilema,
pois sei que esmola não é solução,
é também parte do problema.

Ainda observo a mãe
filho no colo,
magra, desnuda,
face ossuda,
descarnada.

Prossigo minha jornada.
Fico triste com a cena se repetindo
como um pesadelo permanente,
igual quando em criança se sonha
com um monstro atrás da gente,
e a gente corre corre
mas não saí do lugar,
como se estivesse presa a uma corrente,
que só se parte quando se desperta,
assustadamente.

Paro em frente ao sinal.

Ao meu lado alguém respira ofegante.
O calor espalha seus tentáculos de polvo
sobre as ruas escaldantes do centro da cidade.
De repente um grito: "pega ladrão!".

Todos olham um rapaz franzino correr,
fugir com outras pessoas atrás,
mas ele escapa quando abre o sinal,
jogando-se contra os carros na contramão.

Corta! Será filme ou pesadelo
a cena que se repete na minha mente?
Ela retorna de forma recorrente,
fazendo com que toda minha geração
não acredite mais que poderá viver
num país no mínimo decente.

Uma aparição

Uma aparição
rasgo de luz,
ela passou por mim
correndo com seus cabelos louros
compridos até as nádegas.

Num átimo fez um sorriso de Gioconda
e seguiu correndo no seu ritmo
rosto angelical e demoníaco,
metade menina, metade mulher.

Uma surpresa
como voz alta, grave de contralto,
ou beijo espontâneo, inesperado
no meio do meio-dia, com o sol já alto.

Ainda me virei com o máximo de discrição
que a emoção permitia,
e olhei aquelas tranças douradas balançando ao vento,
deslizando sobre aquelas nádegas que de tão carnudas,
pareciam desnudas.

Continuei correndo em torno da Lagoa,
mas pensei: uma aparição assim
é capaz de conciliar
o mais triste dos homens
com a beleza permanente do mundo.

Rio de Janeiro

Há uma macumba na encruzilhada.
Há um encontro na madrugada,
da mulher que se dá a um homem,
sem perguntar seu nome;
sem falar nada.

Línguas na escuridão,
pernas que se entrecruzam nervosamente,
corpos que se penetram freneticamente,
e depois, silêncio,
o silêncio, ruidosamente.

Os carros rabiscam as ruas
com suas luzes rápidas.
As praias movem-se,
com as marés,
exibindo cicatrizes,
nas areias nuas
onde outrora atrizes,
fizeram suspirar multidões.

Um partido-alto
pode ser ouvido ao longe
em toda sua formação:
violão, cavaco, pandeiro e agogô.
Quando se chega perto,
ouve-se o doce duelo do improviso,
a rima chega sem aviso,
alguém canta:
"é com essa que eu vou".

A porta-bandeira ensaia sozinha.
Rodopia em torno de linha imaginária.
Inspira com sua dança,
com a harmonia dos seus gestos,
a fantasia do velho mestre-sala;
que a observa de longe,
emocionado, quase sem fala.

Em seu apartamento em Copacabana,
o poeta lixa a rima de seus versos.
Escrevendo passeia por continentes
que nunca conheceu pessoalmente,
mas que visitou, mentalmente,
em noites como essa.

Mais adiante em Ipanema,
o pintor dá a última pincelada
na tela até então inacabada.
Depois se afasta do cavalete,
examina a obra
com a mesma volúpia
com que desnuda sua namorada.

Ouve-se um grito seco no Arpoador.
Logo depois, um silêncio longo,
uma onda quebra
em forma de flor.
Na mesma praia,
uma moça beija outra moça
com enorme ardor.

Um grupo de amigos
conversa na porta do botequim
lembrando estórias cheias de nostalgia.

Enquanto acompanha alguns trechos,
o garçom português serve seus clientes
com a costumeira fidalguia.

Uma parcela da cidade dorme,
quando outra ainda está acordada.
Parecem tão distintas agora,
mas breve uma se fundirá à outra;
como toda noite mistura-se ao dia
na formação da aurora.
Na Lagoa na Tijuca como no Irajá
em Copacabana na Urca ou em Paquetá,
a cidade fervilha como uma festa móvel.
Tudo está em movimento nesse momento,
apenas o Cristo Redentor nos observa
com braços abertos,
quieto sábio imóvel.

Quem sabe eu possa

Quem sabe eu possa ouvir novamente
vozes no Jardim do Nada.

Quem sabe eu possa recuperar
não apenas o riso, mas a gargalhada.

Quem sabe possa voltar a sair,
sem roteiro preciso.

Quem sabe vá à casa de um velho amigo,
como a chuva por vezes chega, sem aviso.

Quem sabe volte
a tomar banho à noite no Arpoador.

Quem sabe caminhe na chuva
sem ficar preocupado em ficar gripado.

Quem sabe volte a viajar sem roteiro,
sem local ou hotel marcado.

Quem sabe volte a cantar no chuveiro,
músicas que já cantei por inteiro.

Quem sabe dê para alguém necessitado,
sem falar nada, um envelope com dinheiro.

Quem sabe corra na Vista Chinesa
e depois almoce com uma amiga comida japonesa.

Quem sabe faça um passeio de barco a Ilha Cagarra,

na volta fique na Urca, admirando ainda mais a Baía de Guanabara.

Quem sabe sentado naquela longa mureta,
encontre alguém que não veja há anos, como eu, ave rara.

Quem sabe retorne aos ensaios da Mangueira
cantando o samba-enredo a noite inteira.

Quem sabe vá à Portela em Madureira,
comer o feijão da Tia Surica numa tarde de sexta-feira.

Quem sabe andando na Lagoa em manhã clara,
reencontre no meu caminho a doce capivara.

Quem sabe jogue fora a agenda de compromisso,
simplesmente durma e acorde sem pensar mais nisso.

Quem sabe para celebrar o início do verão,
veja o nascer do sol lá do Mirante do Arvrão.

Quem sabe nesse mesmo dia vá ao Posto 9,
observar o sol descer pela Pedra da Gávea; enquanto a lua sobe.

Quem sabe tome um banho de mar
e adormeça com o sal na pele, deitado no sofá da sala.

Quem sabe acordando possa penetrar seu corpo
também despertando, nesse instante, ainda sem fala.

Quem sabe possa fazer tudo isso de novo:
o novo junto com o povo

e com você.

Minhas mãos buscam

Minhas mãos buscam
superfícies inusitadas.
A maciez do pelo de um gato,
o cetim da pele do seu peito,
escorregando suave no meu leito.

Procuram também planícies de seda
nas quais não existam resistências,
tudo deslize sem atrito.
Planícies nas quais o movimento se dá,
leve sempre leve sem conflito.

Frutas

Frutas
mesmo quando estranhas,
por fora inóspitas,
pouco hospitaleiras,
reservam dentro,
aos seus exploradores,
gratas surpresas.

O sumo indescritível do melão,
a doce acidez de um abacaxi,
o gosto neutro, sofisticado da maçã,
próximo de sua irmã ácida, a pera
não se explicam ou definem.

A cor de suas cascas
o vermelho profundo das maçãs,
—olhos de um cardeal genovês—
o verde esmaecido das peras
—garrafa de absinto francês—
contrastando com o mesmo verde
dessa vez, duro, escuro,
embrutecido do abacaxi,
diverso do verde recôndito
da polpa de um *kiwi*.

Para nelas se atingir o prazer
com todo seu sabor e fruição
é necessário passar por estágios
prévios, mas obrigatórios,
nos quais as travessuras da língua
misturam-se às carícias das mãos.

O sim será sempre início

O sim será sempre início
de algo por vir.
O não, oposto, precipício,
mergulho; interrupção do devir.

O sim hipótese aberta
o não parede concreta,
na qual a vida não se propaga
antes abafa, asfixia, deleta.

O sim sempre amplo,
espaço para além de mim.
O não sempre recôndito,
restrito ao seu próprio fim.

O sim é sonoro

O sim é sonoro, harmônico.
O não agreste, antagônico.
O sim simples, não necessita explicação.
O não complexo, sempre obliteração.

O sim é sonoro, canto de uma bem-te-vi.
O não é agreste, pele escama de sucuri.
O sim é simples como o riso da mulher amada.
O não é complexo como essa mesma mulher desconfiada.

O sim dirige-se ao novo,
sem anteparos, escorre melodioso.
O não, ao contrário, sempre retorna,
acumula, amontoa, entorna.

O sim convida ao encontro
do presente com o futuro.
O não invoca limite
marco, fronteira, muro.

Ser feliz não pode ser algo

Ser feliz não pode ser algo tão difícil assim.
Desconfio que não seja o oposto de ser infeliz.

Quem sabe, seja algo mais simples
como deixar de dar importância ao detalhe.

Preocupar-se com o cume límpido da montanha
e não com o nevoeiro no fundo do vale.

Quem sabe, seja não ligar tanto,
toda vez que um não nos é dito,

e prosseguir dizendo sim,
sim sim.

Sim é o que parece dizer a onda

Sim é o que parece dizer a onda
quando caminha em direção à praia
cobrindo de espuma
nas manhãs de maré cheia,
a linha da areia
—lençol de cambraia—.

Não é o que parece responder
essa mesma linha da areia
fugindo dessa mesma onda,
mais tarde quando a maré baixa
e a água aos poucos se encaixa.

Para quem passa da calçada,
observando de cima
ou para quem olha a cena
de outro ponto de vista,
como aquele do pescador
que a observa do mar,
o fluxo segue na contramão:
ora diz sim, ora diz não.

Nessa dança permanente
da superfície líquida em confronto
com a praia concreta, sólida,
eterna disputa, contínua labuta,
não existem vencedores ou vencidos
apenas enlace de dois (des)conhecidos,
diálogo de vozes distintas,
tingindo com suas tintas,
o encontro do arco do céu
com o marco do mar.

Sim foi o que ela me disse

Sim foi o que ela me disse
ao puxar-me com seus braços,
l a n g u i d a m e n te
para que meu corpo ficasse sobre o seu.

Sim foi o que ela me sussurrou
passando a ponta dos seus lábios
em torno das minhas orelhas,
soletrando palavras indecifráveis.

Sim foi o movimento de suas mãos
retirando rapidamente minha camisa,
e depois minhas calças
num passe de mágica.

Sim foi o que disseram suas coxas
ao se entreabrirem para mim,
incentivando que houvesse logo um começo
e que se possível não houvesse fim.

Sim foi o que disse depois seu corpo
primeiro sua pélvis, depois seu ventre,
arfando, relaxando totalmente ao ponto
de adormecer sobre o meu.

Sim você poderia

Sim você poderia
abrir aquela porta
que dá para o nada.

Eu lhe esperaria
observando-a da sacada,
aquela mais alta
grande   solta
que parece avançar
sobre a calçada.

Sim você me daria
um beijo molhado longo,
com gosto de hortelã
num gesto normal,
sem cena ensaiada.

Eu a envolveria
em meus braços,
como um doce urso,
e a luz dos seus olhos,
inundaria os meus,
como se a luz fosse um curso,
que fizesse um claro percurso,
para formar nossa manhã.

Sim é o que você me diz

Sim é o que você me diz quando está feliz
e me pede que lamba seus seios,
acaricie seu sexo com duros dedos,
e penetre seu corpo com força e jeito.

Não indicam suas mãos,
quando afastam com carinho as minhas,
dizendo com voz murmurada,
que está cansada.

Sim sim sãos seus gritos junto ao meus ouvidos,
nas noites em que abandona o controle do próprio corpo,
e pede que a cavalgue sobre seu dorso.

Sim sim são seus gemidos querendo mais, mais,
quando entrelaçados esquecemos por instantes
que somos meros mortais,

E nos devoramos um ao outro,
liberdade ancestral
dos grandes animais.

Não rimarei a palavra sim

Não rimarei a palavra sim
com a incorrespondente palavra fim.
Rimarei com a palavra vida
ou qualquer outra que todas me convêm.

Com a palavra vida
farei um poema cheio dela,
transbordante como um vaso de flores
do grande Guignard.

Com a palavra vida
aproveitarei esse dia
que nasce dos ombros da noite,
inundando de dourado o espelho da lagoa.

Com a palavra vida
escreverei novos poemas,
na areia da praia, para que o mar, com suas ondas,
também os leia, enquanto em movimento se espraia.

Com a palavra vida
abrirei a porta das palavras secretas,
para que dela surjam novas rimas,
que sejam tão belas inusitadas quão discretas.

Com a palavra vida
reduzirei seu medo da morte,
mostrando-lhe que o destino de todos nós
mesmos quando sós, está entregue a própria sorte.

Com a palavra vida
poderei talvez, enfim,
mostrar-lhe que a vida conspira sempre
para nos dizer simplesmente: sim.
Sim. Sim.

Sim é branca a renda de espuma

Sim é branca a renda de espuma que cobre o rochedo.
Não é a resposta do rochedo para a onda do mar,
quando a vê chegando com força de preamar.
Sim é a insistência do mar em avançar rumo à praia.
Não é a voz do timoneiro alertando o homem da proa
para que o barco não se choque com o rochedo,
escondido pela bruma-espuma,
lençol de cambraia.

Sim é branca a nuvem que cobre o risco-pássaro no céu.
Não é a voz do pedreiro no ponto mais alto do edifício,
olhando para baixo, precipício.
Não é o som do tijolo-homem escorregando do prédio,
caindo do andaime, caindo,
cortando rente com uma bala corta sempre rente,
penetrando com seu dente,
o pedreiro até há pouco vivente.

Sim é o quer dizer o adeus daquela moça na estrada.
Não é o que responde o rapaz se despedindo dela
com seu pensamento já longe, distante,
pensando na moça da próxima parada.
Sim é o ruído da onça pintada,
pisando suave perto dali uma trilha
desconhecida e ainda molhada,
pelos homens ignorada.

Sim é o sentido do vento cortando a manhã.
Sim é o cheiro do mar avançando na sala
expulsando aos poucos os restos de fala.
Não é a voz lutando no quarto da casa,

aprisionada com suas seis faces
igual a um cristal de quartzo,
que mesmo tendo muito a dizer,
ao final, abafada, se cala.

Sim é o risco do barco no arco-céu.
Não é o cinza-fumaça saindo da chaminé,
do barco-homem solto no mar em busca de fé.
Sim é o sorriso da mulher na balaustrada,
olhando para seu amado, apaixonada,
sem pensar em mais nada.

Não é a força das nuvens cobrindo o céu-arco.
Sim é a força dos homens lutando no barco.
Não é o vento teimando em derrubar o mastro.
Sim é a força dos homens lutando no mar-alto,
exata feroz precisa como a luta de outros homens,
todos nós, também lutando nessa noite-asfalto.

Notas sobre *Sim*

Somos poucos—linha 4—C.F. T.S. Elliot, "*We are the hollow men*".

Podemos ferir com palavras—linha 25—V. T.S. Elliot, *The waste land.*

Outono—linhas 15-20—V. *Os pássaros*, de Alfred Hitchcock, 1963.

Como Ulysses voltando à Ítaca—V. Konstantinos Kavafis, "Ítaca".

Linhas 31-33—C.F. Camões, *in Sonetos*: "Mudam-se os tempos, mudam-se as vontades, / Muda-se o ser, muda-se a confiança: / Todo o mundo é composto de mudança, / Tomando sempre novas qualidades".

Nós tínhamos combinado—linhas 41-42—V. Ferreira Gullar, *Dentro da noite veloz.*

Salvador 1971—Linhas 11-12—C.F. Caetano Veloso, "Alegria, Alegria", 1966: "Caminhando contra o vento / sem lenço, sem documento".

Rio de Janeiro—linha 69—V. Ernest Hemingway, *A moveable feast* (*Paris é uma festa*).

Com a palavra sim—linhas 1-4—C.F. Drummond, "A rosa do povo" *in Procura da poesia*: "Não rimarei a palavra sono / com a incorrespondente palavra outono. / Rimarei com a palavra carne / ou qualquer outra, que todas me convêm".

SOBRE O AUTOR

Luiz Roberto Nascimento Silva é advogado, mestre em Direito Econômico, e foi ministro da Cultura do governo Itamar Franco, durante o qual se construiu e consolidou a Lei do Audiovisual. Foi também secretário de Estado de Cultura de Minas Gerais na gestão de Aécio Neves, quando promoveu a maior recuperação de obras de arte barrocas roubadas e desparecidas no Brasil, concebeu as regras do Fundo Estadual de Cultura e implementou um Departamento de Audiovisual, que não existia, e ali montou o programa "Filme em Minas".

Publicou mais de dez livros, a maioria de poesia, como *Arco da manhã* (1992), pela Massao Ohno Editor; *A flauta vertebral* (1999) e *Cidade de Deus* (2001), este ilustrado com obras de Ciro Fernandes, ambos pela Editora Rocco; uma novela, *Com o suor na alma* (2011), pela Topbooks; e um livro de ensaios, *A nova peste e outros ensaios* (2013), pela Editora Record; além de alguns de Direito.

editora responsável
VIVI NABUCO
editoria executiva
SEBASTIÃO LACERDA
assessor especial
FERNANDO PEDREIRA
assessoria jurídica
MANOEL NABUCO
design gráfico
RAUL LOUREIRO
revisão
ELISABETH LISSOVSKY
coordenadora de projetos
LIANA PÉROLA SCHIPPER
produção gráfica
MARCELLO BRAGA MACHADO
apoio à produção
PÊTTY AZEREDO
EVANDRO JOSÉ SALVINO

CIP-Brasil. Catalogação-na-fonte
Sindicato Nacional dos Editores de Livros, RJ
S581s

Silva, Luiz Roberto Nascimento, 1952 / Sim / Luiz Roberto Nascimento Silva ; organização Sebastião Lacerda. — 1. ed. — Rio de Janeiro : Bem-Te-Vi, 2016. 96 p. : il. ; 21 cm. (Canto do Bem-Te-Vi ; 4)

Inclui índice

ISBN 978-85-88747-54-8

1. Poesia brasileira. I. Lacerda, Sebastião. II. Título. III. Série.
16-37667 CDD: 869.91
CDU: 821.134.3(81)-1

08/11/2016 10/11/2016

Esta edição respeita o Acordo Ortográfico
da Língua Portuguesa em vigor desde 2009.

Foi feito o Depósito Legal junto
à Fundação Biblioteca Nacional.

Este livro foi composto em Grotesque
na Gráfica Editora Stamppa para a Bem-Te-Vi
Produções Literárias, na primavera de 2016.

BEM-TE-VI
PRODUÇÕES LITERÁRIAS
ESTRADA DA GÁVEA 712/502
SÃO CONRADO
RIO DE JANEIRO — RJ
CEP 22610-002
EMAIL: BEM-TE-VI@BEM-TE-VI.NET
WWW.EDITORABEMTEVI.COM.BR